* **저자** 리이타오(李逸濤, 1876~1921)

일제 식민 통치기 타이완의 기자이자 시인, 소설가이다. 1896년 『대만신보(臺灣新報)』에 입사하여, 1906년 『대만일일신보(臺灣日日新報)』에 첫 소설 『유학기연(留學奇緣)』을 발표한 후 1921년까지 50여 편의 소설을 연재하였다. 한문 고전 소양을 바탕으로 대만 안팎을 배경으로 한 흥미로운 이야기를 선보였다. 타이완 최초의 추리 소설 작가이자, 대표적인 한문 통속 소설 작가로 평가받는다. 한국에서는 『춘향전』을 각색하여 타이완에 발표한 작가로 알려져 있다.

* **역자** 최지연(崔至延)

단국대학교 한문교육과를 졸업하고, 북경사범대학에서 중국고전문헌학으로 박사 학위를 받았다. 한문 고전, 디지털, 동아시아를 키워드로 공부하고 있다.

* 이 책에 실린 「원주민의 영웅」과 「탐정 페이터의 수사 일지」의 저본은 1910년 『漢文臺灣日日新報』에 연재된 「蕃人之傑」(1910.1.27.~1.29.)과 「偵探記」(1910.11.19.~11.26.)이다.
* 인명과 지명은 기본적으로 중국어 외래어 표기법을 따랐다. 단, 우리에게 익숙한 지명이나 인명은 한국 한자음으로 표기하였다.

원주민의 영웅
蕃人之傑

×

탐정 페이터의 수사 일지
偵探記

리이타오 李逸濤 지음

최지연 崔至延 옮김

차 례

원주민의 영웅(蕃人之傑)   7
탐정 페이터의 수사 일지(偵探記)   49

해제   119

원주민의 영웅
蕃人之傑

1   소설의 배경이 되는 19세기 말의 타이완에는 한인(漢人), 타이완인(臺人), 원주민(蕃人)이 살고 있었다.
2   번할(蕃割, 원문은 蕃제)은 한인과 원주민 사이에서 무역을 중개하는 사람으로 원주민 언어에 능통했다. 청대에는 한인과 원주민 사이의 직접 교류를 금지하였으므로 번할을 통해 서로 필요한 물자를 교환하였다.
3   타이완에는 아미족, 핑푸족, 파이완족 등 십여 개의 원주민 부족이 거주하고 있으며, 각 부족은 고유한 문화, 언어, 생활 방식을 유지하고 있다. 이들은 다시 여러 부락으로 나뉘어 생활한다. 라하우 부락은 타이야족에 속하며, '라하우'는 타이야족 언어로 '울창한 숲'을 뜻한다. 풍부한 토목 자원으로도 유명하다.
4   부락의 우두머리.
5   1874년 모란사사건 이후 타이완의 중요성이 부각되면서, 1878년부터 청나라는 타이완 원주민과의 교류를 금지하던 정책을 폐지하고, 산지 자원 개척과 원주민 회유를 위한 '개산무번(開山撫番)' 정책을 시행하였다. 산지 개척, 도로 개설, 관학 설립, 언어 통일, 부족장 선발 등 원주민의 한족화를 위한 다양한 활동을 진행하였다.
6   청의 지방 행정 장관 명칭.
7   류명전(劉銘傳, 1836~1896)은 실제 인물로, 1885년부터 1890년까지 초대 타이완 순무를 맡았다.
8   후산(後山)은 타이완 중앙 산맥의 동쪽 지역을 의미한다. 지형이 험하여 상대적으로 개발이 덜 되었으며, 현재 타이둥, 화리엔 지역이 해당한다.

1.

마라이야(馬來亞)는 본래 타이완 사람[1]이다. 가난 때문에 산에 들어가 번할(蕃제)[2]로서 자주 남쪽 산의 여러 원주민 부락을 드나들었다. 눈치가 빠르고 권모술수에 능하여 원주민 부락에서 두루 환심을 얻었으며, 때로는 아주 중요한 일에도 참여하였다.

때마침 라하우(蚋哮) 부락[3]의 토목(土目)[4]이 세상을 떠났고, 원주민들은 마라이야를 토목으로 추대하였다. 마라이야는 물물교환에 뜻이 있었지, 사람을 죽이는 일을 그다지 즐기지 않았다. 그리고 부락의 어려움과 문제 해결을 위해 수고를 마다하지 않았기에 그의 위엄과 명성은 나날이 높아져만 갔다. 타이완의 산지 자원을 개발하려고 온 청나라 관군[5]도 감히 마라이야를 똑바로 바라볼 수 없었다.

당시는 순무(巡撫)[6] 류명전(劉銘傳)[7]이 후산(後山)[8]을 맡아

관리하던 때였다. 여러 원주민 부락은 모두 청군을 두려워하며, 그들을 산에서 몰아낼 방법을 찾기에 급급했다. 하지만 마라이야만은 오히려 다음과 같이 말하였다.

"지금 원주민 부락이 하늘의 별과 바둑판 위의 바둑돌처럼 수없이 많지만 우리 세력들은 매우 분산되어 있소. 힘을 합치지 않으면 강한 적을 막아 낼 도리가 없소. 또 연합을 했다 하더라도 모였다 흩어지기를 반복하니, 이렇게 해서는 그대들이 원하는 바를 얻을 수 없을 것이오. 하물며 우리에게 필요한 무기는 모두 밖을 통해서만 수급되는데, 밖은 무한하고 우리들은 유한하니 무엇이 쉽고 어려운지, 무엇이 편하고 고생스러운지는 그대들도 매우 쉽게 판가름할 수 할 수 있을 것이오.

요컨대, 우리는 일반 백성과 다툴 수는 있어도 관군을 상대하기에는 매우 부족하오. 이 기회를 틈타 길을 넓혀 교통의

이익을 꾀하는 편이 낫소. 저들이 우리의 땅을 이롭다고 여기고, 많은 생명을 죽이며 스스로의 희생도 마다하지 않는 것은 단지 이 산에서 나는 자원 때문이오. 내가 그것을 저들에게 내주고 이익을 우리가 서로 나누어 가진다면, 양쪽에게 이롭고 전쟁 또한 하지 않을 수 있소. 그렇게 하지 않는다면 이처럼 우거진 숲, 짐승이 출몰하는 미개한 땅을 어찌 우리가 모두 개발하고 오래도록 지켜 낼 수 있겠소? 이는 싸워서 얻어 낼 수 있는 것이 절대로 아니오.

    류순무를 헤아려 보건대 그는 뛰어난 인재로, 먼저 우리를 회유하고 난 후에 반드시 토벌하고자 할 것이오. 만약 우리 부락이 먼저 모든 부락을 이끌고 귀의한다면, 원주민 사회의 패권은 우리가 좌지우지할 수 있을 것이오."

    많은 이가 주저하며 쉽게 결정을 내리지 못했다. 그리고

9 청대 무관의 관직 중 하나. 청대 무관은 9품부터 1품까지였으며 5품은 그 중간에 해당한다.
10 초무(招撫)는 회유하는 행위만을 의미하지는 않으며, 회유에 불복하거나 저항하는 경우 무력으로 정벌하는 것도 의미한다.

한번 싸워 보기를 격렬히 원하는 일부 어린 호사가 무리는 마라이야의 유약함을 달가워하지 않았다.

얼마 지나지 않아 조정에서 공문을 보내 마라이야를 5품 군공(軍功)[9]에 임명하고 여러 부락을 초무(招撫)[10]하도록 명하였다. 사람들은 매우 후한 하사품과 찬연히 빛나는 관복을 보고 모두 크게 기뻐하였으며, 동시에 매우 부러워하였다. 이를 계기로 결국 매우 순조롭게 화친(和親)이 성사되었다. 멀리서 그 위세를 지켜본 산속의 여러 부락도 화친에 동참하였으며, 그 수는 금세 십여 개를 넘어섰다.

이때, 원주민 토벌을 명받은 한 무관이 있었다. 그는 부락 간 분쟁이 끝난 지 얼마 되지 않아 세력이 약해진 원주민 부족을 급하게 초무하였으나, 성과가 그다지 크지 않았다. 더구나 마라이야가 모든 공적을 독차지하자, 그는 시기와 미움을 품게 되었고, 여러 가지 계책을 세워 온갖 방법으로 마라이야

11 오라이(污萊 또는 烏來) 부락도 타이야족의 부락 중 하나로, 타이베이와 매우 가까운 지역에 속하며 지금은 온천으로 유명하다. 타이완에서 가장 먼저 외지인과 화합한 부락으로 알려져 있다.

를 방해했다. 그 무관은 여러 부락 중에 라하우와 오라이(污萊)[11]의 세력이 크고, 그 둘이 부락의 패권을 다투고 있음을 알게 되었다. 그리하여 몰래 변할을 오라이 토목에게 보내 교묘한 말로 설득하였다.

"전쟁하지 않고 화친을 맺는 것은 사람을 나약하게 보이게 하오. 그보다 더한 치욕은 없을 것이오. 훗날 그대가 도륙당하지 않음을 어떻게 보장할 수 있겠소!"

결국 오라이 토목은 화친하고자 했던 마음을 거두었다. 후에 마라이야가 다시 회유하기 위해 왔을 때 여러 부락은 모두 관망하며 누구도 선뜻 화친을 위해 먼저 나서지 않았다. 마라이야의 계책도 여기서 끝이 나는 것처럼 보였으나, 결국 그의 기세는 조금도 위축되지 않았다. 무관은 이를 알고서 더욱 원

통해 하였다.

하루는 마라이야가 여러 토목을 불러 함께 화친을 논의하려고 하였다. 마라이야는 오라이 토목이 도착하지 않은 것을 보고 기이하여 물으니, 다음과 같이 말하였다.

"오라이 토목은 어제 나가서 돌아오지 않았습니다. 지금도 여전히 어디에 있는지 알지 못합니다. 이미 사방으로 찾아보았습니다."

말이 끝나기도 전에 갑자기 어떤 이가 땀을 흘리고, 헐떡이며 뛰어와 보고하였다.

"방금 라하우산 기슭에서 오라이 토목의 시체를 발견하였습니다. 여러 차례 칼에 찔린 채 죽어 있었습니다. 기이한 것

12 당시 청나라 관군과 원주민에게는 훼손한 적의 신체 일부를 전리품으로 가져가는 관습이 있었다. 특히, 원주민의 이러한 관습을 출초(出草)라고 하며, 외지인들은 이를 매우 두려워했다. 또한 이 대화를 통해 타이완인과 한인은 서로를 구분한 반면, 원주민은 이 둘을 구분하지 않았다는 점을 알 수 있다.
13 중국의 옛 길이 단위, 반걸음.

은 토목의 시체 옆에 다른 부락 사내의 시체도 있었다는 것입니다. 모습이 라하우 부락의 마단과 닮았고, 찔린 상처를 보니 서로 공격을 한 듯합니다. 둘 다 몸과 머리가 온전하니 한인(漢人, 원주민들은 타이완인을 한인이라고 불렀다)에게 살해된 것 아니겠습니까?[12] 치정에 의한 살인인지 뭔가 감추고자 한 것인지는 도저히 알 수 없습니다."

그들이 모여 있던 곳과 겨우 20여 무(武)[13]정도 거리에 있었기에 서둘러 사람들과 달려가 확인해 보니 과연 그러하였다. 기이해 하는 사이, 갑자기 사람들이 웅성거리는 소리가 들려왔다. 그쪽을 바라보니 오라이 부락의 장정 수십 명이 전부 무기를 들고 벌떼처럼 몰려오고 있었다. 매우 흥분한 상태로 범인을 잡으러 온 듯 보였다. 마라이야는 이내 바로 손을 높이 들고 큰 소리로 말하였다.

"오라이 부락에게 일어난 이 큰 불행에 대해 우리 모두 마음 깊이 슬퍼하고 있소. 힘써 범인의 소재를 밝혀내야만 이 일이 끝날 것이오. 지금 저들이 나쁜 의도로 여기에 온 것이 아닐 터이니 우리 부락의 장정들도 모두 침착해야 함이 마땅하오. 경거망동하여 평화를 깨서는 안 될 것이오."

오라이 사람들은 마라이야가 당황하지 않고 침착한 것을 보고는 뭔가 계획이 있으리라 생각하며, 모두 머리를 숙여 지시를 듣고자 하였다. 마라이야가 말하였다.

"오늘 일어난 이 사건은 먼저 치정 때문에 발생한 것인지 알아보는 것이 마땅하오. 죽은 자 가운데 한 사람은 오라이 사람이고, 한 사람은 라하우 사람이니, 응당 두 부락의 여인들을 데려와 심문해야 할 것이오."

모두가 대답하였다.

"네!"

부락의 여인들이 끌려왔고 마라이야가 그녀들을 바라보며 말하였다.

"저 둘이 죽은 지 이미 오래되었지만, 그들의 영혼은 아직 잠들지 못하였다. 지금 너희 여인들은 모두 큰 돌을 찾아 던져야 함이 옳다. 돌이 크면 클수록 쉽게 그들의 영혼을 깨울 수 있을 것이다. 만약 그들과 사통한 자가 있다면 죽은 자의 영혼이 그 몸에 달라붙어 죄의 진상을 자백도록 할 것이니, 너희들은 오직 나의 말을 듣고 내가 '던져라.'라고 하면 돌을 던지거라."

여인들은 분주히 돌을 찾았고, 돌을 다 찾고서는 꼿꼿이 서서 던질 수 있기만을 기다렸다. 이때 마라이야가 여인들의 낯빛을 하나하나 살펴보니, 모두가 분노에 차 당장이라도 돌을 던질 수 없는 것을 원망하는 것처럼 보였다. 이윽고 마라이야가 말하였다.

"꼭 돌을 던져 보지 않아도 되겠소. 나는 이 죽음이 절대 치정 때문이 아님을 알게 되었소. 그렇지 않고 마음속에 감추는 것이 있었다면 어찌 저 여인네들처럼 조금의 주저함이나 애석함도 없을 수 있단 말이오. 내가 다른 방도를 찾아 이 사건을 처리하겠소."

토목들은 마라이야의 기지에 탄복하였고, 모두 유유히 돌아갔다.

2.

그리하여 마라이야는 먼저 자기 부락의 장정들을 비밀리에 불러 마단이 평소에 오라이 토목과 원한을 진 것이 있는지, 그리고 죽기 전의 동정은 어떠했는지를 물었다. 그러자 그 둘 사이에 절대 왕래가 없었고, 단지 마단이 죽기 수일 전부터 항상 아침에 나가 해가 저물면 돌아왔었는데 그 종적이 매우 기묘했다는 것을 알게 되었다. 또 돌아올 때마다 꼭 많은 물건을 가지고 왔는데, 걸핏하면 교환하여 얻은 것이라 말하였지만 실제로 어디서 난 물건인지는 아무도 알 수 없었다고도 덧붙였다.

마라이야는 의심스러운 점이 있어 몰래 오래된 마단의 집을 조사하였다. 역시나 그곳에는 여러 진귀한 물건이 있었고, 군용 칼인 초도(哨刀)와 청나라 관모(官帽)에 사용하던 장식인 백석정대(白石頂戴)도 발견되었다. 마라이야는 이 물건들이

물물교환으로 쉽게 얻을 수 있는 것이 아니라고 생각했다. 하물며 물물교환은 공식적인 일임에도 불구하고 어찌 자신에게 알리지 않았는가. 아무래도 마단이 청 관군과 별도로 내통하고 있었던 것이 분명했다.

마단에게는 아내가 있었다. 아내를 불러 엄하게 힐문하니, 십 일 전 번할 아무개가 청나라 사람 한 명과 함께 왔던 적이 있었는데 그의 모습이 번할과 비슷했다고 했다. 그들은 마단과 여러 차례 비밀스럽게 상의했으며, 두 사람이 가고 나면 마단은 즉시 밖으로 나갔고 종일 불안해하는 모습이었다고 설명했다. 물건을 가지고 돌아와서도 그 출처를 밝히고 싶어 하지 않는 것을 알았기에 물어볼 도리가 없었다는 것이었다.

마라이야는 다시 번할 아무개를 데려오기를 기다렸다. 얼마 지나지 않아 그가 도착하자, 마단과 내통한 적이 있는지 추궁하였다. 아무개는 너무 갑작스러운 상황에 적당히 둘러댈

말을 찾지 못하였다. 마라이야는 '마단의 아내가 이미 숨김없이 다 털어놓았고 물증도 모두 있는데 어찌 부인하려 하느냐. 숨기는 것이 없다면 살 수 있을 것이라.'라며 거짓으로 말하였다. 그러자 아무개는 실제 이 일은 모두 한 통령(統領)의 지시로 한 것이며, 마단에게 일이 성사되면 라하우 토목 자리를 약속하였다고 하였다. 또한 마단에게 신뢰를 보이기 위해 초도와 백석정대를 먼저 보내 신뢰의 증표로 삼은 것이라고 말해 주었다. 마라이야가 '성사시킬 일이 무엇이었느냐?'고 묻자, 대답하였다.

"라하우가 전쟁에서 패한 후에 모든 부락 사람을 이끌고 투항하기로 하였습니다."

마라이야는 심문을 마치고 그를 잠시 가두었다. 생각하기

14 『손자병법』에 나오는 간첩을 사용하는 다섯 가지 방법 중 하나로, 적의 간첩을 잡아 역이용하는 것을 의미한다.

를, '이것은 필시 통령 아무개의 반간책(反間策)[14]이다. 오라이 토목 역시 이 술책에 빠진 것이리라.'

마라이야는 일찍부터 오라이 토목의 부인에게 욕심이 많다는 사실을 알고 있었다. 다음 날 자신의 심복 하나를 오라이로 보내 그 부인에게 말을 전하게 하였다. '우리 부락의 족장이 청나라의 군용 칼을 사 오라고 명했는데 비쌀 뿐만 아니라 구하기도 매우 어렵구려. 근처에 그것을 가지고 있는 자가 있는지 모르겠소.' 과연 부인은 이를 듣고 마음이 동하여 초도를 꺼내 마라이야의 심복에게 보여 주었다. 과연 마단이 가지고 있던 칼과 매우 흡사했다. 돌아와 마라이야에게 보고하니, 마라이야는 여러 토목을 다시 불렀고 오라이 토목의 부인도 불러 회의에 참석하게 하였다. 마라이야가 말하였다.

"나는 이 두 사람의 억울한 죽음에 대한 전말을 모두 알게

되었소. 오라이 부락에 묻겠소. 최근 어떤 번할이 한인을 데리고 부락을 출입한 일이 있소?"

부인이 말하였다.

"있습니다."

다시 '청군이 초도와 진귀한 물건들을 당신 부락에게 주고 간 적도 있소?' 하고 물으니 말하였다.

"그 또한 있습니다."

마라이야가 모든 진상을 밝히며 말하였다.

"이것이 바로 두 사람이 살해된 진상이오. 모두 청군과 관계된 것이며, 원주민과는 아무런 관계가 없소."

그리고는 마단이 청군에게 속아 여러 귀한 물건을 받게 된 연유를 설명하였다. 하지만 사람들은 여전히 납득하지 못했다. 이에 오라이 부락 가운데 이 일을 잘 아는 사람에게 다시 자세히 물었다. 그 결과, 통령 아무개가 사람을 보내 라하우 부락 의견에 절대 동의하지 말고, 의견이 조금이라도 갈라질 때를 기다려 선동하라고 지시한 사실을 알게 되었다. 또한 중간에서 역할을 잘해 주면 오라이 토목에게 부족장 자리를 보장해 주겠다고 약속한 것도 밝혀졌다. 그러던 어느 날 통령이 다시 사람을 보냈고, 우라이 토목은 그다음 날 아침에 나가 해가 저물도록 돌아오지 않았다. 그리고 이튿날 살해 소식이 전해진 것이다.

"이 사건의 내막은 말하지 않아도 모두 알 수 있을 것이오. 지금 우리는 오직 화친을 성사시키기 위해 노력해야 하오. 만약 그 통령이 우리의 화친를 다시 방해하려 한다면 내가 직접 순무를 찾아가 청원할 것이오."

상황이 여기까지 이르자, 모든 사람의 의혹은 풀렸고 모두 화친을 위해 힘써야 한다는 말에 설득되었다. 또한 변할 아무개를 처형하여 남아 있는 자들에게 본보기를 보여 주었다.

얼마 지나지 않아 통령에게 이 소식이 전해졌고, 통령은 성명서를 보내 말을 전하였다. '투항하는 것은 어려운 일이 아니다. 너희는 모든 부락의 아이들을 관(官)에 보내어 공부시켜야 할 것이다. 그렇지 않으면 너희 무리에게 다시 변란이 일어날까 염려된다.'고 하였다. 사람들이 곤란해하자 마라이야가 말하였다.

15 전산(前山)은 타이완 중앙 산맥의 서쪽 지역을 의미한다. 지형이 비교적 낮고 평탄하여 일찍 개발이 시작되었고, 교통이 편리하여 타이완의 정치, 경제, 문화의 중심지가 되었다. 타이베이, 타이중, 타이난, 가오슝 등이 해당된다.

"듣자 하니 류순무께서 특별히 학당을 지어 일찍이 원주민 아이들을 교육하신 적이 있었다고 하오. 이는 우리에게 천재일우(千載一遇)의 기회임이 틀림없소. 우리는 예로부터 글자를 알지 못해 나무와 돌을 벗 삼고 사슴과 돼지와만 어울려 왔으니, 어디서 자강(自强)해지는 법을 배울 수 있었겠소. 만약 우리의 자녀들을 보내 공부하게 하고 그들이 배움을 마친 후 돌아와 우리 부락 모두를 교육한다면 이는 하늘이 우리를 돕는 일이 아니고 무엇이란 말이오."

사람들은 그제야 이해하고, 곧바로 통령의 말씀대로 하겠다고 알렸다. 통령도 더 이상 사람들을 기만하고 속이려고 하지 않았다. 하루아침에 전산(前山)[15]의 원주민이 모두 청에 귀의하여 안정을 찾았다. 후에 원주민 아이들은 학규와 구속에 상당한 염증을 느끼고, 관복도 매우 불편해하였다. 도망쳐 돌

아오는 아이들이 하나둘 생기기 시작하자, 마라이야는 아이들을 더욱 독려하고 타일러 공부에 게으르지 말도록 했다고 전해진다.

* 일본에서 제작한 오른쪽 사진 엽서에는 '포르모사의 야만인(THE FORMOSAN IN SAVAGES)'이라는 영어 제목이 달려 있다. Formosa는 타이완(Taiwan)을 가르키는 단어로, '아름다운 섬'이라는 뜻이다. 20세기 중반까지만 해도 서구에서는 Taiwan보다 Formosa를 더 많이 썼다고 한다. 이 두 장의 엽서를 통해 우리는 「원주민의 영웅」속 원주민 모습을 더욱 구체적으로 상상해 볼 수 있다.

(D. 33) THE FORMOSAN IN SAVAGES.
人蕃澳南灣台（俗風人蕃）

탐정 페이터의 수사 일지
偵探記

1 러시아 이름을 당시 대만어로 음역한 것이다. Peter, 즉 표토르에 해당한다.
2 중국인, 20세기 초 일본에서 중국을 지칭하던 용어.

1.

러시아인 페이터(培特)¹는 흑룡강의 유명한 탐정이다. 기지가 남다르고 혈기가 왕성하여, 혼자 말을 타고 적지에서 범인을 체포하는 일도 서슴지 않았다. 만주의 마적들은 그의 이름만 듣고도 모두 두려움에 떨었다. 그의 모험심은 이처럼 대단했다.

당시 러시아군 보병 중좌(中佐)인 리커쓰(里克斯)란 자가 있었는데, 그에게는 총애하는 무희와 노복이 있었다. 무희의 이름은 마오써(毛瑟)로 유대인이었고, 노복은 장칭쿤(張淸坤)으로 지나인(支那人)²이었다. 칭쿤은 오래전부터 마오써의 규방을 드나들었으며, 이 둘 사이의 추문은 어느덧 사방으로 퍼지기 시작했다. 결국, 이를 알게 된 리커쓰는 매우 분노하였으나, 마오써를 향한 애정이 여전히 깊어 차마 그녀를 모질게 내칠 수 없었다. 대신 마오써를 호되게 꾸짖고 칭쿤은 서슴없

이 내쫓아 버렸다.

칭쿤은 본래 탕자로 무뢰한(無賴漢)들과 많이 어울렸으나 마오써와는 머리가 희게 될 때까지 함께 하기로 약속하였다. 비록 하루아침에 주인에게 쫓겨난 신세가 되었지만 단 한순간도 그녀를 잊은 적이 없었다. 한편, 리커쓰의 집에 고용되어 있던 뇨파도 지나인이었는데 일찍이 칭쿤의 간절한 마음을 마오써에게 전해 주곤 했었다. 상황이 이렇게 되자 칭쿤은 다시 노파에게 도움을 구해 리커쓰가 외출할 때마다 마오써와 은밀한 만남을 가졌다. 그들의 이러한 밀회는 여러 일 동안 계속되었다.

어느 날, 칭쿤이 마오써를 다시 찾아오자 마오써는 그를 바라보며 말하였다.

"리커쓰가 여러 밤을 불안해하는 것 같았어요. 마치 뭔가

를 꾸미고 있는 듯했죠. 그래서 첩이 몰래 대나무 상자를 열어 보니 요새가 표시된 지도를 만들고 있더군요. 첩은 이런 생각을 해 봤답니다. 지금 우리는 날이 밝으면 헤어지고 밤이 되면 다시 만나고 있지요. 이런 상황은 끝내 바뀌지 않을 거예요. 우리 그 지도를 가지고 도망가서 이웃 나라에 비싸게 파는 건 어때요? 그렇게 하면 우리는 부자가 되고, 또 영원한 자유도 누릴 수 있을 거예요."

 칭쿤도 마오써의 생각이 옳다고 생각하고, 즉시 계획을 세웠다. 이틀 후, 때마침 리커쓰가 야회(夜會)에 참석하게 되었다. 마오써는 틀림없이 그가 늦게 돌아오리라 생각하고 곧바로 진귀한 물건과 지도를 모두 챙긴 뒤, 어둠을 틈타 칭쿤과 노파와 함께 도망쳤다.
 리커쓰는 약간 취한 채 집으로 돌아왔다. 마오써와 노파는

3   원문 '牽一髮動全身'. 아주 작은 부분의 변화나 문제가 전체에 큰 영향을 끼친다는 것을 의미한다.

보이지 않고, 옷가지가 어지러이 바닥에 가득했다. 그 순간, 불길한 마음이 엄습하여 서둘러 귀중품과 지도를 확인하였으나, 모두 사라지고 없었다. 놀라고 화가 난 그는 바로 관청에 신고하고 싶었지만, 실수로 뽑은 머리카락 한 올이 몸 전체를 뒤흔들게 될까 봐 매우 두려웠다.[3] 지도를 제작한 일이 발각된다면 자신도 큰 처벌을 면할 수 없는지라 밤새도록 망설이며 고민하였다. 그러던 중 홀연히 그의 친구 거렁(葛稜)에게 생각이 닿았다. 거렁은 탐정 페이터와 친한 사이로 자주 페이터의 실력을 칭찬하였다. 페이터에게 의뢰하면 이 일을 빨리 해결할 수 있을 것 같았다.

앞서서 날이 새기만을 기다린 리커쓰는 동쪽 하늘이 희미하게 밝자마자 곧바로 거렁의 집으로 갔다. 이 모든 상황을 설명하고 페이터에게 대신 말을 전해 주기를 청하니, 거렁은 기꺼이 그렇게 해 주었다. 서둘러 하인을 보내 페이터에게 알리

자, 얼마 지나지 않아 페이터가 도착했다.

    페이터는 평소 리커쓰의 인품을 존경해 왔다. 거기에 거렁의 부탁까지 더해지자, 페이터는 망설임 없이 리커쓰의 제안을 수락하였다. 거렁이 페이터를 위해 술상을 차리고 연회를 준비하려고 하자 페이터가 제지하며 말하였다.

    "이보다 급한 일이 어디 있겠습니까? 제 생각에 필시 그 도둑들은 아직 국경을 넘지 못했을 것입니다. 재빨리 추격한다면 상황을 빨리 수습할 수도 있을 겁니다. 다만, 제가 그대의 집에 출입한 적이 없어 그자들을 알아볼 수 없다는 것이 아쉬울 따름입니다. 작은 사진이라도 보여 주시겠습니까. 그러면 저는 여기서 즉시 물러나겠습니다."

    리커쓰는 페이터의 기민함에 깊이 탄복하며 바로 집으로

돌아가 사진을 찾아 주었다. 페이터는 떠나기 전 다시 리커쓰에게 말하였다.

"소득이 있든 없든 이틀 후에 반드시 다시 찾아뵙겠습니다."

자신의 거처로 돌아간 페이터는 부하들을 불러 논의하였다. 인원을 둘로 나누어, 한 무리는 국경 밖에서 경계를 서고 다른 한 무리는 국경 안쪽을 수색하게 하였다. 그리고 페이터 자신은 수사를 총지휘하였다.
약속한 이틀이 지났지만 그자들의 행방은 여전히 묘연했다. 리커쓰를 찾아가 상황을 설명하니 그는 더욱 근심에 잠겼다. 페이터는 그를 위로하며 말하였다.

4 밤 11시~새벽 1시.

"제가 맡았던 수많은 사건 중 이번 일이 가장 험난하군요. 하지만 다행히도 일을 온전히 그르친 것은 아니니, 그대는 낙심하지 마십시오. 더군다나 그자들은 소식에 밝고 움직임이 매우 신속한 것이 일반 마적들과 비교도 안 됩니다."

리커쓰는 그저 페이터에게 식사 대접을 해 줄 뿐이었다. 돌아가던 페이터는 자신이 호언장담하였으니, 만에 하나 이 사건을 해결하지 못하면 분명 사람들의 웃음거리가 될 거라고 생각했다.

눈보라가 크게 몰아치며 한기가 온몸을 에워싸는 어느 밤이었다. 페이터는 사건 해결에 마음이 급해 용기를 내어 밖으로 나섰다. 삼경(三更)[4]이 다 되어 갈 때쯤 교외를 지나고 있는데, 우연히 한 술집에서 흘러나오는 떠들썩하고 급박한 소리를 들었다. 가까이 다가가 상황을 살피니, 희미한 등불 아

래에서 두 사내가 어린 여인을 한 명씩 붙잡고 있었다. 여인들의 옷이 화려하고 아름다운 걸 보니 가난한 자는 아닌 듯했고, 온 힘을 다해 저항하고 있었으나 상황이 그다지 좋지 않아 보였다. 페이터는 두 사내는 흉악한 강도가 분명하며, 두 여인은 두려움에 도와 달라고 외칠 수도 없는 상황이라고 판단했다. 페이터는 순간 자기도 모르게 가슴에서 분노가 치밀어 올라, 즉시 권총을 꺼내 빈 곳을 향해 발사했다. 본래 사내들의 주의를 뺏은 후 그들을 체포하려던 것이었으나, 의도치 않게 총알이 한 사내의 복부를 관통했다. 그가 바닥으로 쓰러져 움직이지 않자 다른 사내는 깜짝 놀랐고, 여인을 붙잡고 있던 손을 놓쳤다. 여인들은 이 틈을 타 모두 빠져나오게 되었다. 페이터는 가까이 가서 큰 소리로 말했다.

"내가 여기 있으니 더 이상 걱정하지 마시오!"

두 여인은 끝내 뒤돌아보지 않고 도망갔다.

2.

 페이터는 급히 술집으로 들어가 총상을 입은 자를 살폈다. 가로누워 있는 그자의 복부에는 피가 흥건했고 실오라기 같은 숨이 겨우 붙어 있었다. 그런데 자세히 보니 리커쓰의 옛 부하 거얼나(格爾納)가 아니던가! 근래 리커쓰의 집에서 자주 마주치게 되면서 알게 된 자였다. 방금 전의 일은 필시 무슨 연유가 있을 것으로 생각하고 그를 부축하여 일으켰다. 점차 의식을 차린 거얼나는 눈을 떠 페이터를 보고 말하였다.

"어르신의 일을 어그러뜨린 것이 네놈이냐?"

말이 끝나기도 전에 거얼나와 함께 있던 사내가 갑자기 구석에서 뛰쳐나왔다. 칼로 위협하며 페이터를 향해 곧장 돌진했다. 그 사내는 처음에 상대가 많을 거라 생각하고 숨어 있었다. 그러나 주변을 살펴보니 단 한 사람뿐이었고, 이에 속으로 '이 정도면 쉽지 않을까?'라고 생각하며, 한번 상대해 보려 나선 것이었다. 거얼나는 그를 질책하며 말하였다.

"그러지 말게. 이분은 우리의 적이 아니야. 저명한 탐정 페이터 님이라네. 이분은 리커쓰 공을 위해 온 것이고, 나는 리커쓰 공을 위해 죽는 거야. 지금 내가 이렇게 된 것은 이분의 잘못이 아니거늘 무엇을 원망하겠는가. 부디 내가 적들의 손에 죽었다고 전해 주게. 그렇게 하면 페이터 님에게 내 원수를 갚을 명분을 남겨 드릴 수 있을 테니. 내 원수를 갚는 것이 곧 리커쓰 공에게 보답하는 길이 되니 말이야."

5   술집 종업원.
6   명청 시기, 중앙 조정에서 직접 관리하는 지역을 직예라 하며 정치·군사적으로 중요한 지역이므로 황제가 임명한 관리가 통치했다. 반면 중앙의 명령을 받아 자치적으로 운영된 지역은 ○○성(省), ○○부(府), ○○번부(藩部) 등으로 불렸다.
7   지금의 허베이성(河北省) 하간(河間) 일대.
8   중요 사항을 알리기 위해 벽이나 게시판에 붙이는 공문.

말을 마치고 얼마 안 있어 거얼나는 숨을 거두었다. 페이터는 주보(酒保)[5]를 불렀다. 재차 부른 후에야 비로소 나온 주보는 여전히 겁에 질려 벌벌 떨고 있었다. 무서움에 혼이 빠져 나간 것이리라. 페이터는 일꾼을 고용하여 주검을 수레에 실었고, 자신과 사내는 그 뒤를 따랐다. 거얼나의 거처에 도착해 잠시 쉬고는 사내에게 그의 출신지, 집안, 그리고 술집에서 일어난 사건의 전말을 모두 물었다. 사내가 말하였다.

"저는 직예(直隸)[6] 하간(河間)[7] 사람으로 왕(王)씨 성을 쓰는 아쓰(阿四)입니다. 거얼나와는 친구 사이로, 자주 왕래하였습니다. 근래 거얼나는 예전에 모셨던 리커쓰 공이 어려움에 처하자 매우 걱정하며, 그대를 도와 이 사건을 조사하는 것을 부탁했습니다. 저는 그러기로 약속했지요. 연이은 두 밤을 내내 돌아다녔습니다. 오늘 밤 방문(榜文)[8]이 걸린 골목을 지나

가고 있었는데, 어둠 속에 어떤 두 사람이 서 있더군요. 그들은 소매 속에서 전등을 꺼내 방문을 비추었고, 그 전등의 불빛이 그들의 눈을 비추고서야 여인임을 알았습니다. 이상한 느낌이 들어 구석진 곳에서 숨어 엿보고 있는데, 한 여인이 낮은 음성으로 말하더군요.

'류치(劉七) 좀 무섭다. 우리들 사건이 붙어 있어. 그리고 잃어버린 물건과 우리 얼굴, 나이까지 쓰여 있네. 심장이 덜컹하고 내려앉을 것 같아.'

그 뒤의 대화는 흐릿하여 분간하기 어려웠습니다. 그녀들은 곧 전등을 끄고 그곳을 떠났습니다. 저희는 몰래 뒤를 쫓았고 그녀들이 뺑 돌아 한 술집으로 들어가자 저희도 따라 들어갔습니다. 조금 먼 곳에 떨어져 앉아 있었기 때문에 한참을 자세히 본 후에야 겨우 알아챘지요. 변장을 하긴 했어도 한 여인의 얼굴과 분위기가 마오써와 매우 흡사하다는 것을요. 저와

거얼나가 귓속말을 하자, 두 여인은 이상한 낌새를 챈 듯 자리를 떠나 도망가려고 했습니다. 거얼나가 예전처럼 앞으로 가서 '마오써 부인도 등을 들고 놀러 나오셨나 봅니다.'라고 말씀을 올리니, 여인의 낯빛이 변하였습니다. 거얼나는 빠르게 그녀를 붙잡았고 저 또한 가서 도왔지요. 불행히도 이렇게 경황이 없던 중에 그대가 별안간 나타난 것입니다."

거얼나가 총에 맞은 대목까지 이르자, 아쓰는 감정에 복받쳐 흐느꼈다. 페이터는 진심으로 그를 위로하였다. 리커쓰에게 후원을 부탁하여 후한 장례를 치렀다. 장례 절차를 모두 마치고서야 왕아쓰는 떠났다. 한편 거얼나는 육군에서 조장(曹長)으로도 복무하고 있었다. 육군 내에 그의 사망 소식이 전해지자 모두 크게 분노하였다. 주보를 구속하여 다시 심문하였지만 여전히 실마리를 찾지 못했다. 경찰의 무능은 더욱 비웃

9 바람에 날리는 티끌이라는 의미로, 이리저리 다니며 겪는 어려움을 비유한다.
10 마적단이 거주하는 곳.

음을 샀고, 헌병이 나서서 사건을 하나하나 다시 조사하기 시작했다. 페이터는 나이가 어리고 혈기가 왕성하였다. 자신의 명성에 흠집이 날까 염려하여 부하들을 대대적으로 소집해 수색에 더욱 박차를 가하였다.

어느 날 아침, 일어나 보니 우체통에 발신인이 적히지 않은 편지가 도착해 있었다. 열어 보니 발신자는 장칭쿤이었으며, 편지에는 대략 이렇게 쓰여 있었다.

풍진(風塵)[9] 속에서 우리를 쫓느라 항상 수고가 많소. 마음도 심히 편치 않으시지요. 지금 우리는 멀리 만주의 어느 큰 군영(軍營)[10]에 벌써 도착하였다오. 그대가 쓸데없는 수고를 할까 염려되어 삼가 이 편지를 올리오. 번거롭더라도 왕아쓰에게 말을 전해 줄 수 있겠소? 그대들은 그럴 수 있지만 아쓰는 동족을 죽이는 걸 능력이라 생각하고 기꺼이 다른 민족의 개가 되는 자요. 무슨

11 원문 '伏祈'. 한문 서신에서 자주 사용하는 투식어로, 상대방을 높여
자신이 원하는 바를 전달할 때 사용한다.

마음으로 그렇게 하는지는 알 수 없으나 만약 다시 그런 짓을 한다면 더 이상 목숨을 부지하기 어려울 거요.

언사가 자못 당돌하였으나, 엎드려 절한다[11]는 양해의 말도 덧붙였다. 페이터가 편지의 발신지를 찾아보니 실제로 멀지 않은 어느 군영이었고 그곳의 우체국 소인도 찍혀 있었다. 반신반의하였기에 그들을 쫓아가야 할지, 말아야 할지 결정하기 어려웠다. 바로 그때 밖에서 왕아쓰가 득의양양한 모습으로 들어왔다. 페이터를 발견하고는 곧장 물었다.

"혹시 그대도 장칭쿤이 마적에게 투항했다는 소식을 들으셨는지요?"

페이터는 놀라 그렇게 말한 까닭을 물으니, 아쓰가 말하

였다.

"조금 전 동향 사람 가운데 그 마적단이 있던 곳에서 온 자가 있었습니다. 이틀 전에 실제로 칭쿤이 한 여인을 데리고 갔다더군요. 그자들, 이미 법망을 벗어나 자유롭게 돌아다니는 것이 아니겠습니까?

페이터는 다시 '그 동향 친구는 그대와 막역한가, 아니면 그저 아는 사이인가?' 하고 물으니, 대답하였다.

"그저 그가 어디 사는지만 아는 정도입니다."

페이터는 자기도 모르게 탁자를 '탁' 치고 일어나 말하였다.

"그러하다면 그자들은 아직 국경을 벗어나지 못한 것이 분명해. 칭쿤이 가짜 편지를 보내 거짓을 말하고 다시 동향인까지 보내 자네에게 말을 전한 것은 우리가 반드시 그 말을 믿게 하려는 속셈이야. 서둘러 수색해서 기필코 그자를 잡아야 하네!"

3.
페이터가 말을 이었다. '마오써와 동행한 자가 누구인지 아는가?' 하고 묻자 왕아쓰가 말하였다.

"장칭쿤이 변장한 것 같습니다. 하지만 여인인 듯 보여 감히 속단할 수 없었습니다."

'그가 칭쿤인 줄 어떻게 알아보았느냐?'고 묻자 아쓰가 한참을 머뭇거리다 말하였다.

"저는 본래 칭쿤보다 먼저 리커쓰 공을 모시면서 마오써와 2년 정도 교제했습니다. 하지만 칭쿤이 오자마자 바로 쫓겨났지요. 지금도 그것만 생각하면 억울하고 분한 마음을 떨칠 수 없습니다. 지난밤 그자들의 수색을 기꺼이 돕겠다고 한 것도 바로 이 때문이었습니다."

페이터는 아쓰가 두 사람을 모두 미워하고 있기 때문에 반드시 도움을 얻을 수 있을 것이라 생각했다. 아쓰를 더욱 신뢰하게 되었고, 그자들의 소식을 듣게 되면 반드시 자신에게 알려 달라고 당부하였다. 하지만 아쓰가 돌아간 지 수 일이 지난 후에도 그들의 종적은 여전히 모호했다.

12 신에게 기도하여 소원이 이루어졌을 때 감사의 뜻으로 올리는 제사.

마침 성안에 새회(賽會)[12]가 있어 매우 시끌벅적했다. 페이터는 부하들을 소집하여 비밀이 외부로 새지 않도록 조심스럽게 논의하였다.

"새회가 열리면 반드시 사람들로 북적일 것이다. 그자들이 이때를 틈타 사람 사이에 섞여 도망갈까 염려되니 방비하지 않을 수가 없다."

부하들은 모두 명령대로 하였다. 밤이 절반 정도 지났을 무렵, 갑자기 칭쿤이 잡혔다는 소식이 들려왔다. 헌데 마오써는 보이지 않았다. 페이터는 그자를 데려오라 하고 확인하니, 과연 장칭쿤이었다. 내심 안도하고 심문을 시작하였는데, 그자는 자신을 주산(朱三)이라 하였다. 칭쿤과는 일찍부터 알고 지낸 사이인지, 아울러 혈연관계가 있는지 묻자, 본래 칭쿤과

13　기구. 밀폐된 커다란 풍선에 공기보다 가벼운 기체를 넣어 공중에 뜨도록 만든 물건.

는 같은 젖을 먹고 자란 아우이며 자신은 외가의 가계를 잇게 되어 주씨 성을 사용하게 되었다고 하였다. 칭쿤의 근래 모습이 어떠한지 물었으나 전혀 알지 못한다고 대답하였다. 엄하게 국문하였으나 끝내 자신이 칭쿤임을 자백하지 않았다. 다시 그의 음성과 용모를 면밀히 살피니, 실제로 칭쿤과 일치하지 않는 부분이 있었다. 이에 그의 말을 믿기로 하였으나, 바로 풀어 주지는 않았다. 이 일로 더욱 초조해진 페이터는 밤새 잠을 이루지 못하였다.

다음 날 아침, 급한 보고가 들어왔다. 밤사이 주차 창고에서 경기구(輕氣球)[13] 하나를 도둑맞았는데 경비를 맡았던 자도 같이 사라져 당최 어떻게 된 일인지 알 수가 없다는 것이었다. 문 안팎에 하나의 손상도 없는 것으로 보아 도둑이 밖에서부터 들어온 것이 아님은 확실했다. 경비를 맡았던 자가 도둑과 내통한 것은 의심의 여지가 없었다. 마침 도착한 아쓰가

모든 사정을 듣고는 웃으며 말하였다.

"저의 비루한 생각은 이러합니다. 저는 그 경비를 맡았던 자를 예전부터 알고 있습니다. 그는 쿵스딩(孔土丁)으로 칭쿤과 일찍부터 아는 사이입니다. 두 사람은 모두 마적들과 왕래하였으므로 아마 그쪽으로 도망갔을 것입니다."

여기까지 듣고 페이터의 머릿속에 섬광처럼 생각이 떠올랐다. 발을 동동거리며 깊게 탄식하였다.

"아! 나의 과오로구나. 지상을 방비할 줄만 알았지 하늘은 방비해야 하는 것을 몰랐구나. 이제 어떤 계책을 세워야 한단 말인가."

아쓰가 말하였다.

"제가 리커쓰 공을 모실 때, 공의 지시로 여러 번 마적과 교섭한 적이 있습니다. 그쪽으로 가는 길은 훤히 알고 있지요. 제가 지금 가더라도 물론 그들은 의아해하지 않을 겁니다. 그대는 근처에서 우리 쪽 사람들과 함께 있다가 때가 되면 나와 도와주십시오."

페이터는 그 말에 동의하며 다음 날 아침 함께 출발하기로 하였다.

페이터와 아쓰는 길을 나섰고 가는 곳마다 그자들의 행방을 물었다. 뉘엿뉘엿 해가 저물 때 즈음, 잘 곳을 찾았으나 사방 어디에도 여관이 보이지 않았다. 부득이 아무 집에나 들어가 양해를 구할 수밖에 없었다. 아쓰가 한 시골집 문 안으로

들어가 언뜻 보니 집 안에 노파가 있었다. 헌데 아무리 봐도 그 노파는 오랫동안 마오쎠를 모신 아무개인 듯하였다. 아쓰는 매우 놀랐으나 알아채지 못한 체하고 다시 나가 페이터를 데려오려고 하였다. 하지만 이미 그의 모든 행동을 엿보고 있던 노파는 이내 말을 걸었다.

"아쓰, 오랜만이구려. 지금 어디 가는 길이오? 우리 집 아가씨가 당신을 매우 그리워하고 있네만. 하고 싶은 말이 있었는데도 지금껏 전할 길이 없었다오."

말을 마치고 노파가 손뼉을 치자, 마오쎠가 우아한 자태로 안에서 나왔다. 아쓰를 보고는 눈물을 터트리며 고개를 바로 들지 못하였다. 그녀는 아쓰의 손을 움켜잡고는 이별 후의 마음을 전하며 매우 후회하고 있다고 하였다. 칭쿤이 어디 있냐

묻자 별안간 낯빛을 바꾸었다.

"그 부랑자 같은 자는 말해 무엇합니까. 이생에 절대로 그 비천한 놈을 다시는 만나지 않으리라 맹세했습니다."

아쓰는 놀라 물었다.

"혹시 칭쿤이 너를 버리고 다른 곳으로 간 것이냐?"

마오써는 오열하며 말하였다.

"어찌 상상이나 할 수 있었겠습니까. 한 달 전 그가 별안간 큰돈을 손에 넣고는 이곳에 눈과 귀가 많아 안전하게 숨기기가 어렵다 하였지요. 그래서 멀리 친한 친구 아무개의 집에

14 원문의 '琵琶別抱'는 당나라 문인 백거이의 「비파행」에서 유래한 성어로, 여성이 재혼하거나 새로운 사랑을 찾는 것을 비유한다.

가져다 놓겠다고 했어요. 떠나고서 수일이 지나도 돌아오지 않더니 어제 서신을 하나 보내왔습니다. 편지에는 '본래 영원한 사랑을 하고자 하였으나 관청의 추적이 매우 심해 상황이 다시 어렵게 되었소. 오늘 이후부터는 새로운 비파 가락을 들으시오.[14] 나와의 정은 더 이상 품고 있지 말길 바라오. 난 그대의 영원한 흠결이 되기를 바라지 않소.'라고 쓰여 있더군요. 첩은 너무 슬프고 화가 났습니다. 그래서 등불 아래에서 편지를 모조리 태워 버렸어요. 그대가 오늘 밤에 오실 줄 몰랐던 게 한없이 원망스럽습니다. 그렇지 않았다면 그대에게 편지를 보여 드렸을 텐데요. 세상천지에 저 같은 배신을 당한 이가 또 있을까요?"

이를 들은 아쓰의 마음은 편치 않았다. 그리고 옛 감정이 밀려와 말을 멈추지 못하고 계속 늘어놓았다. 마오써는 말을

15 한자음으로 '커피'를 표현한 말.

마치고 급히 노파를 불러 차를 내오게 하였다. 아쓰가 향을 맡아 보니 매우 좋았다. '이것은 가배(珈琲)[15]가 아닌가?' 하고 물으니 대답하였다.

"그렇습니다."

마침 몹시 갈증이 났던 난 아쓰는 가배를 단숨에 들이켰고, 갑자기 몸이 떨려 오는 것을 느꼈다. 잔이 바닥으로 떨어지고, 곧바로 정신이 혼미해서 사람을 알아보지 못했다. 아쓰는 온전히 마오써의 손아귀에 놓이게 되었다.

4.
한참이 지나도 아쓰가 나오지 않자, 이상함을 느낀 페이

터는 서둘러 안으로 들어가 확인하였다. 사립문은 굳게 닫혀 있었지만 안을 들여다볼 수는 있었다. 멀리서도 등불이 켜져 있는 것이 보였으나 불러도 아무런 대답이 없었다. 문을 밀고 들어갔지만 아쓰는 보이지 않았고, 집 뒤편도 살펴보았으나 무궁화 울타리만 촘촘하게 들어서 있을 뿐 뒷문은 찾을 수 없었다.

페이터는 여전히 그자들의 행방을 알 수 없었다. 다만, 그들이 아직도 경기구를 이용하고 있을 것이라는 짐작만 할 뿐이었다. 칭쿤을 잡지도 못하고 아쓰마저 잃어, 자신의 명성을 회복할 수 없을 것 같아 매우 심란하였다. 결국, 동료들은 먼저 돌려보내고 한 사람만 대동한 채, 그들의 흔적을 쫓기로 했다.

이틀간의 추적 끝에 한 마을에 도착했다. 그곳은 마적들이 드나드는 거리로, 이곳에서 마적들은 보고 들을 정보를 교환

16 원문은 土娼. 사창(私娼)에 해당함. 1896년 타이완에 공창(公娼) 제도가 도입되었고, 당시 일본 기녀는 공창에, 중국인과 조선인은 불법 성매매인 사창에 종사하였다.

하는 듯했다. 마을에는 기루(妓樓)가 즐비했다. 밤이 되자 매우 무료해진 페이터는 기분 전환 겸 한 기루에 들어섰다. 우연히 들어간 그곳에는 아메이(阿梅)란 그 지역 기녀[16]가 있었는데 페이터와는 오래전부터 알고 지내던 사이었다. 아메이는 페이터를 보고 매우 기뻐하며 억지로 잡아끌고 간단하게 술잔을 나누었다. 밤이 깊어 페이터가 다시 숙소로 돌아가려고 하자 아메이는 그를 붙잡았다. 페이터는 아직 공무를 처리하지 못해 오래 머물 수 없다고 하고 다른 날 저녁에 다시 오겠다고 약속했다.

길을 막 나서려는데 처마 아래 병든 거지가 고통스러운 신음을 내며 누워 있는 것이 보였다. '컥컥' 하는 것이 마치 뭔가 뱉어 내려 하는 것 같았다. 손전등을 꺼내 비추어 보니, 그 거지는 며칠 전 아무런 흔적도 없이 사라졌던 아쓰가 아니던가! 페이터는 크게 놀라 어디에 갔었느냐고 거듭 물었으나, 거지

17 영문(英文)은 보통 영어를 가리키지만, 광범위하게 서양에서 사용하던 언어를 의미하기도 한다. 탐정 페이터는 러시아 사람이므로 키릴 문자와 러시아어를 사용했을 것으로 예상할 수 있다. 하지만 당시 러시아에서는 러시아어뿐만 아니라 프랑스어, 독일어, 폴란드어 등 다양한 언어가 사용되었다. 이에 특정 언어로 확정하지 않고 원문의 '英文' 그대로 옮겨, 소설 속 상상의 틈으로 남겨 둔다.

는 소리를 듣고 올려다볼 뿐 눈물만 흘리고 대답하지 않았다. 무슨 연고로 이리되었느냐 묻자, 손으로 입을 가리키며 목소리를 내지 못하고 짐승처럼 울부짖기만 하였다. 그제야 그가 벙어리가 된 것을 깨달은 페이터는, 그가 독에 당한 것이 분명하다고 생각했다.

페이터는 아쓰를 부축하여 거처로 돌아왔다. 펜을 쥐고 영문(英文)[17]으로 '이것을 이해할 수 있는가?'라고 써서 보여 주니 고개를 끄덕였다. 아쓰에게 펜을 주자 미친 듯이 써 내려갔고, 조금도 쉬지 않았다. 페이터는 글을 읽고 아쓰에게 벌어진 일의 전모를 알게 되었다. 마오써가 독약으로 그를 마취시킨 다음 경기구를 타고 이동하였고, 그 후 다시 독약을 먹여 아쓰를 벙어리로 만든 것이었다. 그자들은 아마 한자를 알지 못하는 아쓰가 벙어리가 되면 억울함을 호소할 방법이 없을 것이라 생각했을 것이다. 하지만 아쓰가 영문를 할 수 있었다는

예상치 못한 변수가 결국 그를 살린 것이다. 페이터는 아쓰가 여기에 있는 것이 이롭지 않을 수도 있다고 생각하고, 동료에게 그를 국경 밖으로 안전하게 호송하게 하였다. 그리고 자신은 그곳에 머물며 조사를 이어 갔다.

어느 날 밤, 페이터는 다시 아메이의 기루로 향했다. 슬쩍 안을 보니 한 서양인이 막 돌아가려고 하던 참이었다. 아메이의 계집종이 억지로 그를 잡아당기며 '저희 아가씨께서 나리가 오시면 반드시 성심으로 만류하라는 말씀이 있었어요.'라고 말하였다. 시간이 조금 지나자, 그 서양인은 돌아갔다. 페이터는 부득이 이 모든 상황을 엿보게 되었다.

시간이 되자 아메이가 돌아왔고 페이터와 반갑게 인사하였다. 그러고는 그 서양 남자는 자기와 친분이 있는 것이 아니며, 항상 여기서 장 씨 성을 가진 지나인과 밀담을 나눌 뿐이라고 말해 주었다. 페이터가 그 장 씨의 모습이 어떠했냐고 묻

18 밤 9시~밤 11시.

자, 아메이가 형용하는 그자의 모습이 모두 장칭쿤과 흡사하였다. 자신도 모르게 심장이 두근거리고 마음이 요동쳤다. 언제 다시 오느냐고 묻자, 아마 내일 밤일 거라고 하였다. 페이터는 별실에 묵고 있을 테니 그들이 오면 반드시 알려 주기를 약조해 달라고 하였고, 아메이는 그렇게 해 주겠다고 하였다.

다음날 밤 이경(二更)[18]이 다 되어서야 아메이가 그들이 왔다고 알려 주었다. 페이터는 창문 밖으로 가서 몰래 그들을 지켜보았다. 과연 그자는 장칭쿤이었다. 무슨 대화를 하는지 잘 들리지는 않았지만 한두 번 정도 지도를 언급하는 것 같았다. 다시 도망쳐 버릴까 염려되어 한밤중에 근처 경찰서에 달려가 알렸다. 그 지역은 여전히 러시아 세력이 미치는 곳이었으므로 경찰이 출동하여 바로 칭쿤을 체포했다. 칭쿤은 매우 당황하여 저항도 하지 못한 채로 붙잡혔다. 페이터는 범죄 혐의가 칭쿤에게 있지 마오써에게 있지 않다고 여기고 마오써를

19 원문의 '杳如黃鶴'은 당나라 시인 최호의 「황학루」에서 유래한 성어로, 어떤 사람이 사라져서 소식이 전혀 없거나 행방이 묘연한 상태를 비유한다.

더 이상 추적하지 않았다.

다음 날 아침, 칭쿤을 신속하게 압송하여 돌아왔다. 국경 안으로 막 들어섰을 때, 리커쓰 대좌(大佐)가 길 왼편에서 예를 차리며 기다리고 있는 것이 보였다. 그는 먼저 감사의 말을 하고는, 이내 장칭쿤의 사안이 매우 복잡하여 자신도 직접 그를 심문하고자 하니, 우선 자신에게 칭쿤을 넘겨주기를 부탁했다. 그리고 반나절 후에 돌려보내도 괜찮겠느냐 물었다. 페이터는 칭쿤이 리커쓰의 소중한 것들을 빼앗은 탓에, 리커쓰가 오랫동안 그를 원망해 왔음을 알고 있었다. 리커쓰도 마음먹은 바가 있을 것이라 생각하며 그렇게 해도 좋다고 하였다. 하지만, 한참이 지나도 아무런 소식이 없었다. 사람을 보내 재촉도 하였으나, 날아가 버린 황학처럼 리커쓰와 칭쿤의 자취는 묘연했다.[19] 처음에는 육군으로 이송된 것으로 생각하고 그쪽에 문의도 했지만, 아니었다. 둘이 함께 도망간 것일까?

후에 그 일을 알고 있는 자들에게서 조금씩 이야기가 흘러나왔다. 그제야 칭쿤이 체포되기 전 급하게 리커쓰에게 편지를 보냈고, 편지를 본 리커쓰의 얼굴에는 수심이 가득했다는 사실을 알게 되었다. 아마도 리커쓰의 비리를 하나하나 언급하며 협박하였던 것이 아니었을까.

페이터의 선의를 저버린 것이 틀림없구나.

* 오른쪽 그림은 『태극학보』 제15호 「경기구담(輕氣球談)」(1907.11.24.)에 실린 경기구 그림이다. 그림 제목에서도 알 수 있듯이, '경기구의 각 부명칭'을 설명하고 있다. 「경기구담(輕氣球談)」에서는 경기구가 군사상으로도 많은 공훈을 세웠으며, 기상 관측이나 일기 예보 등 실용적 차원에서도 중요하다고 전한다. 이 글이 쓰인 당시 1907년 조선에서 경기구는 서양에서 전래된 근대 발명품으로, 일반 사람들은 잘 알지 못하는 물건이었다. 「탐정 페이터의 수사 일지」에서 장칭쿤과 마오써가 타고 다니는 경기구에도 이러한 인식이 반영되어 있었을 것이다.

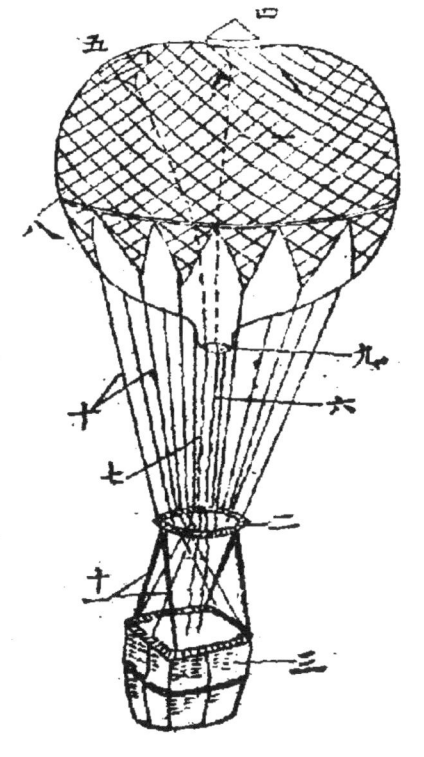

다양한 목소리를 추리하는 상상,
타이완 작가 리이타오의 소설 읽기

최지연

이 소설의 작가 리이타오(李逸濤, 1876~1921)는 우리에게도, 그리고 지금의 타이완인들에게도 조금은 낯선 작가이다. 그는 20세기 초, 일제 식민 통치 시기의 타이완에서 활동한 소설가로, 본업은 기자였다. 어려서부터 한문을 배워 시문(詩文)에 능통하였고 잠시지만 과거 시험 준비에 매진하기도 하였다. 한시에 뛰어났던 리이타오는 일본인을 주축으로 운영된 시모임, 옥산음사(玉山吟社)에 참여하기도 했지만, 일찍이 소설이나 경극과 같은 이야기에 더욱 골몰하였다. 1906년 자신이 근무하던 『대만일일신보(臺灣日日新報)』에 첫 소설 「유학기연(留學奇緣)」을 연재하였고, 그 후 1921년

사망하기 전까지 50여 편의 소설을 발표하였다.

신문학 운동의 영향으로 백화문과 문언문을 둘러싼 논의가 한창이던 그때, 리타오는 문언문, 즉 한문 고전의 형식으로 소설을 창작하였다. 그는 이 전통적인 틀을 사용해 의협 소설부터 애정 소설, 사회 소설, 공안 소설, 탐정 소설까지 다양한 소재로 이야기를 그려 냈다. 그의 소설에는 여성 협객이 자주 등장했으며, 타이완 원주민과 한족 간의 충돌이나 사회 사건을 소설 안으로 끌고 들어왔다. 한문 고전으로 묘사된 해외 각국의 기이한 정서와 이국적인 문화는 당대 독자에게 묘하지만 신선한 독서 경험을 선사했다.

대표작으로「유학기연」,「불행한 여성 영웅(不幸之女英雄)」,『협원앙(俠鴛鴦)』,『검화전(劍花傳)』,『만화기(蠻花記)』 등이 있으며, 1909년에 발표한 소설「한해(恨海)」는 미완이지만, 타이완 최초의 추리 소설로 인정받는다. 그는 20세기 초 타이완의 대표 통속 소설 작가로 평가되며, 한국에서는『춘향전』을 각색하여 타이완에서 발표한 작가로 알려져 있다.

이 책에서 소개하는 리이타오의 소설은 1910년 발표된 「원주민의 영웅(蕃人之傑)」과 「탐정 페이터의 수사 일지(偵探記)」로, 한국어로 번역하여 출간되는 리이타오의 첫 번째 소설집이다. 추리 소설로 분류되는 두 소설 속 주인공들의 추리를 쫓아가다 보면, 독자들은 당시 타이완의 여러 가지 모습, 그리고 당시 타이완인들이 가졌던 다층의 고뇌까지도 함께 살펴볼 수 있다.

기자의 소설, 핍진성과 환상성 사이

작가 리이타오의 직업이 기자였던 만큼, 첫 번째 소설인 「원주민의 영웅」에 나오는 사건들은 여러 역사적 사실에 기반한다. 1871년 태풍으로 타이완에 표류한 류큐인(현재 오키나와)들이 타이완 원주민에게 살해당하자, 당시 류큐를 눈여겨보고 있던 일본은 류큐인의 복수를 명분으로 1874년 타이완 섬에서 원주민과 충돌하였다. 이는 모란사 사건(牡丹社事件)으로 알려져 있으며, 류큐가 일본에 귀속되는 과정에 큰 영향을 주었다. 이 사건 이후, 타이완 섬의 군사적 중요성과 산지 자원의 가치가 점차 부각되면서, 1878년 청나라는 결국 타이완에 대한 '봉산금령(封山禁令, 산 봉쇄 및 교류 금지)' 정책을 폐지하고 '개산무번(開山撫番, 산 개척 및 원주민 회유)' 정책을 시행하기에 이르렀다. 산지 개척, 도로 개설, 관학 설립, 언어 통일, 인구 조사, 부족장 선발 등 산지 자원 개발과 원주민의 한족화를 위한 다양한 활동을 진행하였는데, 바로 이 시기가 소설의 배경이다.

또한 소설에 등장하는 류명전(劉銘傳, 1836~1896)은 1885년부터 1890년까지 초대 타이완 순무를 맡았던 인물이다. 청의 적극적인 '개산무번' 정책 시행의 결과, 많은 원주민이 청에 귀의하였으며, 소설 속에 등장하는 오라이와 라하우 부락은 다른 원주민 부락보다 먼저 외지인과 화합한 것으로 알려져 있다. 이러한 역사적 사실 속, 실제 그 안에서 벌어진 일을 엿볼 수 있게 해 주는 틈이 바로 이 「원주민의 영웅」이다.

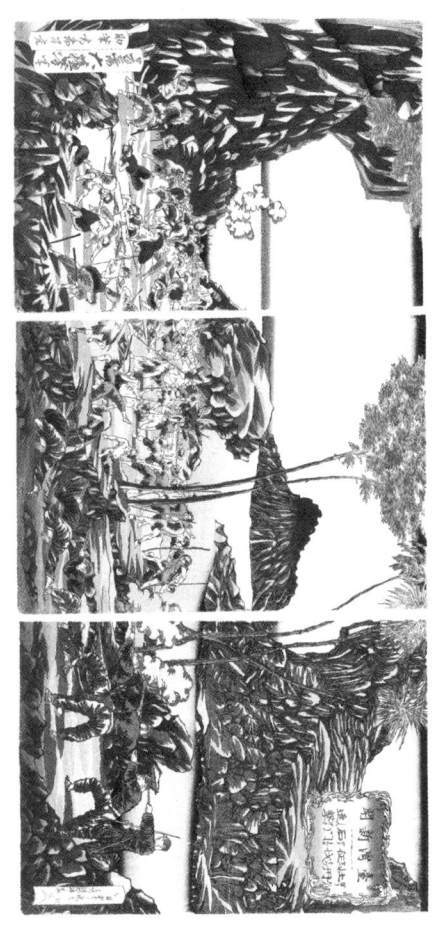

* 그림 상단에 "대만신문: 모란정벌석문진격(臺灣新聞: 牡丹征伐石門進擊)"이라고 쓰여 있다. 일본 우키요에 화가인 츠키오카 요시토시(月岡芳年)의 그림으로, 일본이 타이완에 군대를 파견한 1874년에 그려졌다.

한편, 사실에 입각해 소설의 얼개를 짜 놓은 작가는 타이완 섬에 농후하게 베어 있던 환상성을 표현하는 것도 잊지 않는다. 추리 소설을 표방하면서도 시체에 돌을 던지면 죽은 자의 영혼이 깨어나 범인을 찾아 줄 거라고 단언하는, 조금 뜬금없기까지 한 소설 속 장면은 당시 깊은 산 속에서 지내던 원주민의 토속 신앙을 엿볼 수 있게 해 준다. 타이완 섬에 거주하는 원주민들이 공동으로 지니고 있던 믿음, 그것은 환상으로 혹은 괴담으로 이 소설 안에 온전히 남겨져 있다.

이제 「원주민의 영웅」 속 주인공 마라이야를 살펴보자. 그는 타이완인이다. 그리고 몹시 가난했다. 한인(漢人)이 아니었으며, 그렇다고 원주민도 아니었다. 한인과 원주민 사이에서 근근이 살아가는 인물이다. 그는 소설 속에서 원주민의 영웅으로 그려지지만, 과연 그를 원주민의 영웅이라고 할 수 있을까? 달변으로 원주민을 설득하여 청나라가 원하는 것을 이루어 주었으니 청나라의 영웅은 아닐까? 소설 속에서 전쟁을 싫어하고, 기꺼이 원주민의 어려움을 도우며, 원주민을 좋은 방향으로 이끌기 위해 설득하는 듯하나, 실제 이를 통해 이익을 얻은 쪽은 원주민이 아닌 주인공 마라이야와 청나라 관군이다. 또 토목의 살해 소식을 듣고 원수를 갚기 위해 몰려드는 오라이 부족 장정들을 보고는 재빠르게 자신이 사건을 처리하겠다고 선언하며, 자신이 범인으로 몰릴 뻔한 위기를 교묘하게 빠져나간 그는 비열해 보이기까지 한다.

　주인공 마라이야가 지니는 이중성을 쫓다 보면 자연스레 작가인 리타오를 떠올리게 된다. 그 또한 타이완인이며, 중국과 일본 사이에 위치해 있었던 인물이기 때문이다. 중국어와 일본어에 능통하며, 일본 신문사에서 양쪽의 소식을 전하는 역할을 하였다. 중간자로서 돈을 벌고, 일본 사회와 중국 사회 양쪽에서 어느 정도 인정도 받고 있다. 이렇게 작가와 주인공 마라이야가 겹쳐 보이는 것은 작가의 의도일까 아니면 우연일까. 만약 이것이 의도된 것이라면 우리는 작가가 전달하고자 했던 당시 타이완인의 고뇌를 착실하게 읽어 낸 것이리라. 만약 의도된 것이 아니라 할지라도 우리는 이 소설을 통해 당시 작가 스스로도 인지하지 못했던 타이완인의 아이러니를 발견할 수 있다.

소설 속 상징과 의미, 그리고 재미

원래 두 번째 소설「탐정 페이터의 수사 일지」의 원제는「정탐기(偵探記)」이다. '수사하다'의 의미를 갖는 정탐(偵探)과 사실을 있는 그대로 기록하는 중국 산문 문체인 기(記)를 더해 지었다. 하지만 본 소설집에서는「탐정 페이터의 수사 일지」라고 의역하여, 제목을 읽는 순간부터 범인의 뒤를 쫓는 탐정 페이터의 상황을 더욱 생동감 있게 전달하고자 했다.

이 소설에는 범인의 추적을 위한 단서뿐 아니라, 당시 타이완을 읽어 낼 수 있는 단서들이 상징으로 소설 여기저기에 숨겨져 있다. 탐정 페이터의 수사를 뒤쫓는 것이 아닌, 작가가 소설 속에 숨겨 둔 단서를 쫓아가는 것도 이 소설을 즐기는 방법 중 하나이다. 독자는 수사 일지를 살피면서, 동시에 소설 배면에 깔린 당대 이야기도 함께 추적하게 되는데, 이러한 이중의 수사가 펼쳐진다는 점이 이 작품만의 독특한 묘미라 할 수 있다.

이 소설에는 러시아인, 유대인, 중국인 등 다양한 국적의 인물이 등장한다. 중국 출신인 왕아쓰(王阿四), 장칭쿤(張淸坤), 쿵스딩(孔士丁)의 이름은 언뜻 보기만 해도 신분의 차이가 가늠될 만큼 매우 흥미로운 상징성을 갖는다.

우선, 탐정 페이터를 적극적으로 돕는 왕아쓰의 이름에는 숫자 '四'가 포함되어 있다. 이는 왕 씨 집안의 넷째 아들이라는 뜻으로, 태어난 순서대로 이름을 지은 것으로 보아 그다지 높지 않은 가문 출신임을 짐작할 수 있다. 반면, 소설에서 건달처럼 묘사되는 장칭쿤의 이름에는 청나라를 의미하는 '淸'과 땅을 의미하는 '坤'이 들어가는데 이 둘을 합치면 '청나라 땅'이 된다. 게다가 '坤'이 음양(陰陽)의 '陰'에 대응하고, '陰'이 과거나 순수의 뜻도 지니고 있다는 점을 고려하면, 칭쿤이라는 이름은 더욱 다층적인 의미를 갖는다.

또한 장칭쿤과 같이 도망간 창고지기 쿵스딩은 선비를 의미하는 '士'와 성인 남성을 의미하는 '丁'을 이름에 사용한다. 이 두 한자를 합치면 '사대부 남성' 혹은 '지식인 남성'이 된다. 여기에 그의 성씨인 '孔'이 유교의 성인인 공자(孔子)와 동일하다는 점까지 고려하면, 그 이름이 상징하는 바는 더욱 선명해진다.

각 인물의 이름이 갖는 상징을 염두에 두고, 장칭쿤이 탐정 페이터에게 보낸 편지의 내용을 살펴보자. 편지에서 장칭쿤은 왕아쓰에게 전해 달라 부탁하며 이렇게 말한다. '그대들은 그럴 수 있지만 아쓰는 동족을 죽이는 걸 능력이라 생각하고 기꺼이 다른 민족의 개가 되는 자요. 무슨 마음으로 그렇게 하는지는 알 수 없으나 만약 다시 그런 짓을 한다면 더 이상 목숨을 부지하기 어려울 거요.' 등장인물의 이름이 갖는 의미를 이해하고 나면, 이 말은 자신을 쫓는 옛 동료이자 사랑하는 여인의 전 연인에게 하는 협박이 아닌, 민족을 배신한 자에게 전하는 청나라의 호통처럼 들려온다.

장칭군과 어울리는 무리는 소설 속에서 무뢰한(無

賴漢)으로 불린다. 다시 말해, 의지할 곳 없이 떠도는 난봉꾼으로 묘사되는 그들은 왕아쓰와는 다르게 의미심장한 이름을 갖는다. 청나라 그 자체와 청나라 지식인을 상징하는 그들이 무뢰한이 되어, 자신들과 같은 처지인 유대인 여인과 관계를 맺고, 땅이 아닌 하늘을 통해 이동하며, 결국 도망쳐 자유를 얻게 되는 설정은 다양한 의미로 해석될 수 있다.

이 밖에도 소설에는 다양한 상징들이 숨겨져 있다. 혹시라도 상징을 쫓는 것이 조금 어렵다면, 소설 속에 등장하는 이국적 요소들을 찾아보는 것도 좋다. 지도, 기구, 커피, 권총, 유대인, 지나인, 러시아인 등 소설 곳곳에 놓여 있는 이국적인 요소들은 우리에게 여러 의문을 불러일으킨다. '유대인 여인은 어떻게 만주까지 가게 되었을까?', '왜 중국인, 한인이라고 하지 않고 지나인이라고 했을까?', '어떻게 하면 그렇게 큰 기구를 타고도 눈에 띄지 않게 도망갈 수 있었을까?' 이렇게 자연스럽게 떠오르는 의문들을 쫓다 보면 예상치 못한 곳까지 생각이 닿게 되는 재미있는 경험을 할 수 있다.

공간에 덧입혀지는 말소리

「원주민의 영웅」과 「탐정 페이터의 수사 일지」에서 작가가 사용하는 공간은 타이완 섬의 깊은 산 속에서부터 아시아 대륙 동북쪽 끝 만주까지 이어진다. 이처럼 작가가 소설에서 유영하는 공간의 범위는 상당히 광활하다. 동시에 작가가 사용하는 언어의 범주도 매우 다채롭다. 타이완 섬 안에서는 원주민의 언어, 한인의 언어가 섞여 있으며, 만주에는 러시아어, 중국어가 혼재되어 있다. 한문 고전으로 쓰인 통속 소설에서 이종(異種)의 언어가 소리로 귓가에 맴도는 경험은 무척 독특하다.

한자로 쓰인 소설을 읽다 보면 소설 속 인물의 말소리는 으레 한자의 음과 동일하며, 한문의 문법대로 말할 거라고 생각한다. 하지만 마오써가 탄 독약을 먹고 벙어리가 된 왕아쓰가 영문(英文)을 이해할 수 있다는 사실을 알게 되는 순간, 이종의 언어들은 순식간에 만주라는 공간에 덧입혀진다. 생각지 못했던 실제 그 시대의 복합성이 머릿속으로 물밀 듯이 들어온다.

'그들은 어떤 방식으로 소통했을까?', '중국인, 유대인, 러시아인이 함께 있을 때 어떤 언어를 사용했을까?', '편지는 어떤 언어로 쓰여 있었을까?', '그들은 몇 가지 언어를 구사했을까?' 이런 의문의 해답을 찾으려는 사이, 한문 고전으로 쓰인 소설 속 이야기는 지면을 넘어서 실제 삶의 감각으로 독자들에게 다가간다. 소설의 형식과 내용이 서로 갈마들고, 소설 속 주인공들은 공간과 언어의 경계를 넘나들며 계속해서 새로운 감각을 만들어 낸다.

**

리이타오 소설의 역자인 나는, 현재 타이완에 거주하고 있다. 이 소설들을 번역해야겠다 마음먹은 것은 실제 내가 타이완을 이해하기 위해서였다. 여행을 통해 본 타이완과 생활을 통해 만나는 타이완은 무척이나 달랐기 때문이다. 중국어를 사용하지만 중국과는 다르고, 일제의 식민 통치를 받았으나 일본 문화를 무척이나 환영하며, 길거리 꼬맹이들도 자연스럽게 영어로 대화를 나눈다. 또 충효(忠孝), 신의(信義) 등 유교 용어가 포함된 지명이나 도로명을 사용하면서도, 발이 닿는 곳마다 그 지역 지신(地神)을 모시는 사당이 즐비하다. 차원이 다른 다양성에 혼미해져, 타이완을 이해하기 위해서 무엇부터 시작해야 할지 갈피를 못 잡던 그때, 눈에 들어온 작품이 「원주민의 영웅」과 「탐정 페이터의 수사 일지」였다. 나는 이 소설을 통해서 타이완의 원주민, 중국과의 관계, 일본과의 관계, 타이완의 지리, 중요한 역사적 사건 등을 하나씩 정리해 갈 수 있었다. 혹시 나와 같은 처지에 놓인 이가 있다면 이 두 작품을 타이완을 알아 가는 출발점으로 삼아도 좋을 것 같다. 작가가 작품 곳곳에 뿌려 놓은 실마리를 쫓다 보면, 타이완이 보여 주는 다양성이 이해되기 시작하고, 처음에 느꼈던 막막함도 조금은 해소된다.

리이타오가 한국에 잘 알려지지 않은 작가인 만큼, 그에 대한 다양한 측면을 모두 살펴볼 수 있는 연구와

사료가 많지 않았다. 여러 측면에서 식민지 시기 작가인 그를 조망하는 일은 차후의 일로 미뤄둔다. 한문 고전 소설인 만큼 한문의 느낌을 살려서 번역하고자 하였으나 원작이 가진 고문의 느낌을 충실히 담아 내지 못하였다. 이는 역자의 능력 부족에 기인한 것으로 작가의 한문 소양을 탓하지 않길 바란다.

탐정 페이터의 수사 일지(偵探記)

1판 1쇄 펴냄 2024년 11월 30일

저자 리이타오 李逸濤
역자 최지연 崔至延

편집 임명선
디자인 전혜정

펴낸곳 틈 많은 책장
펴낸이 임명선

등록 2024년 1월 30일 제2024-000001호
주소 부산시 동래구 미남로 52

이메일 generous_crack@naver.com
인스타그램 www.instagram.com/generous_crack

ISBN 979-11-987118-1-6 02820

* 이 책의 내용을 이용하려면 반드시 저작권자와 틈 많은
  책장 양측의 동의를 얻어야 합니다.